图书在版编目（CIP）数据

桃乐茜 / 岳彰著. -- 北京 : 中国画报出版社,
2020.8
ISBN 978-7-5146-1929-4

Ⅰ. ①桃… Ⅱ. ①岳… Ⅲ. ①诗集－中国－当代
Ⅳ. ①I227

中国版本图书馆CIP数据核字(2020)第119055号

桃乐茜
岳彰 著　崔成城 设计

出 版 人：于九涛
责任编辑：李　媛
责任印制：焦　洋

出版发行：中国画报出版社
地　　址：中国北京市海淀区车公庄西路33号
邮　　编：100048
发 行 部：010-68469781　010-68414683（传真）
总编室兼传真：010-88417359　版权部：010-88417359

开　　本：32开（880mm x 1230mm）　印　　张：6.75
字　　数：80千字
版　　次：2020年8月第1版　2020年8月第1次印刷
印　　刷：北京通州皇家印刷厂
定　　价：68.00元

桃乐茜

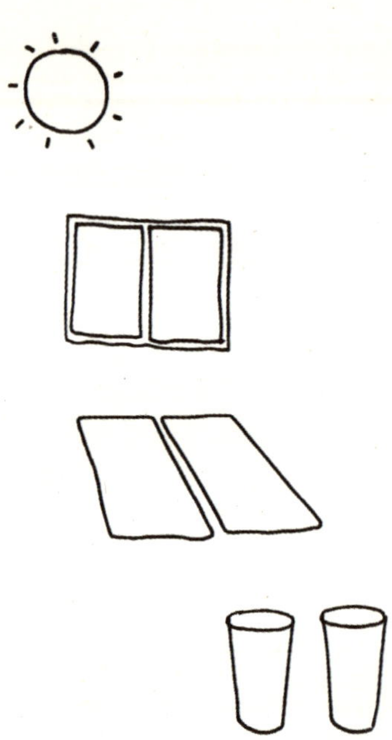

中国画报出版社·北京

（摄影：陆叁）

岳彰，1999年出生于北京。就读于美国纽约帕森斯设计学院，纯艺术专业，今年大三。不喜欢自我介绍和标点符号。除了画画以外，从小学开始热爱写作，初中开始创作短诗百余首，近两万字，收录于《听说读写指南》。诗歌在2014年走进我的生活，而从文字爱好者到诗人的过渡是在大学期间，从《桃乐茜》开始。我大胆地去幻想，最初是写成散文诗，夜的部分精于形象、场景等视觉性的刻画，更像是一组连画；而歌的部分以唱段来表达人物心情，专注于剧情发展等故事性的描写，更像是戏剧。在《桃乐茜》之后的转变中，我从拓展型的外化转变到开始更多关注内心、自身与周遭世界的关系，以及被语言所引导的自我思考，直到《新诗集》的诞生。

目录

2019—2020年的诗歌（《新诗集》）

2018年的诗歌

桃乐茜

2019—2020年的诗歌（《新诗集》）

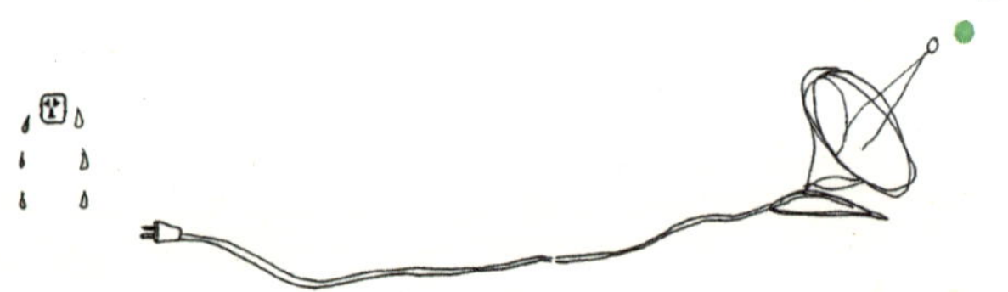

1

巧巧

重云压着

普通的我

湿抚着我 普通

的头发

巧巧

千万根 手指

洗梳着

我旗帜一般

美丽的头发……

——《巧巧》

蓝藤花与金丝菊

1.

我停下裁衣的手

波纹风铃般从耳垂后泛滥开来

蓝绿花边和针脚儿 细线

裙边

你柔肠寸断的

脏兮兮的皮

2.

你嗫嚅着 忧伤之门从雨滴中显形

绵绵不绝的靡靡之音

吸走了东方人眼中的墨汁

盘附在膝头的蓝藤花

在景和景之间

景和回忆之间

四处游窜

3.

寒气袭人的早晨

一曲金缕哀歌

短奏 加冕着

盐水和 到处摸不到的六弦琴

我要再听一曲你那

颤抖的歌喉

4.

你眉眼中的星月

弹奏着

黄鹂鸟的乐章

绵软的糖喝走了徒然的酒

包裹我 迷入苍绿花墙

请让我为你撒下 金丝菊花瓣的泥土

白茶花与珍珠梅

I

金日 渗射珠帘 闪星着

夫人裙裾上那点翠的丽纱

琉璃光的尖塔 枫梢

针脚儿 细线

我转身

拥向你脏兮兮的皮

II

晚霜 穗波

十字架铸成良心桥

阿拉伯茶搅拌起

黄绿色 发泡的夜

惺忪

我带着犹疑

四处游移

III

短奏 加冕着

盐水和

到处摸不到的六弦琴

掠了那金丝 银线

自不穿法兰绒的薄衫

碧桃花落 珍珠似的

瑰意琦行

IV

今夏 树影郁郁葱葱

穿着南京布凉裤的青年

手捧纳兰

许诺 在仙港岛流亡

好比如那牛乳里

掉落的梅花

爱洛丽莎

我的思念 伴着熟赭色的藤枝
百无聊赖地
拨动着的冰冷的月
那银光 倾泻成河
轻点地面 便化成草蜢
却又懒懒地 躺在雏菊花叶间……

万籁俱寂中
微风携来肉桂温暖的辛香
小童不厌其烦地吹奏牧笛
直到滚烫的朝日 步步逼近
我眼睑上的乐园 随着浓情蜜恋
响起了金黄色的 幸福圣歌
爱洛丽莎 你舞蹈着 水中的波纹为你散开……

而我的心 伴随着欢快的旋律

缓缓打开紧闭的大门
爱洛丽莎时刻提醒着我 不要哀伤
在灌木丛中
在山桃花下
如沐春风时……
直到 潮水来临的夜晚
那灼烂额头的滚烫思念
好似盛满珠宝的音乐匣子一般
炸裂开来

我用檀香木的算盘计算着我们何时能再次相见
直到海泡浮动在睡颜间
梦里 我注视着那红色衣裙的孩子
她睫下的目光 忽明忽暗

我听见 远方 渔人唱着粗哑的船歌

我双手合十 默念祷文
只愿醒来颊侧能印下一个吻的恩赏
爱洛丽莎呼唤着我早日归家

我知晓
此爱将同时间长河
最终 把我的名字刻上墓碑
花岗岩上将写道:
“我们在蹉跎的岁月里与彼此同长”
埋葬在土地里的我和她 十指相扣
一同仰望那晦暗的日光
“爱洛丽莎的歌声从未消亡”

Dein Eloise

普天之下 多少隐世的诗人
抚摸着脖颈 质问天父
“何谓生活之目的？”
唇齿间 日复一日的 低语
在海洋的幻音中 无关痛痒

点和点的故事 汇聚成线
朽木之眼 红莓般的清沁
好似女仙手心里那金色海螺
天空 也在虹霓之中 展露笑颜

我 与我的亲爱的邻人
一位喝香槟酒的音乐家
点着步伐 学习探戈
这位音乐家 拒不露出灵秀的身段
细密的发丝 摇曳着

11

在空气中 泛出彩光的泡沫
“爱洛丽莎的歌声从未消亡”

她将那牧童般的笑容
赠与牖中窥日的哲人
却偏偏厌烦我的舞蹈
直到我真挚的朋友
把我从幻梦中叫醒

白铃花的枝叶 卷曲着
残留着风的声箱
浓云叆叇 隐约泄露出
影的秘密 滴滴
如夜光般 倾泻开来

“爱洛丽莎的歌声从未消亡”

Le tyran

朝拜者苍白地溺死在池塘
圣明却为生者敲起丧钟
他抹着发油 镶金在衣裳
实则是故弄玄虚 装作高尚

圣上 我披着头纱为你舞蹈
为何你却忍心斩下我的秀发?
你用我的头发织补撕破的王袍
可谁又能将我回春到旧时的模样

你将世界布满谎言的绳索
火焰里燃烧着我名字的偏旁
假的蓝色和真的蓝色
在浊赤中汇集 (可别忘了)
那时是我 端起你凹陷的手掌

圣上 我双膝下跪请你施舍慈悲
为何你却要砍断我无辜的双腿?
你用我的腿骨来修补破碎的权杖
可谁又能将我回春到旧时的模样

每当仇恨之神在你身边出海
他便代你撑起铁锚和船舵
你在囚窗中禁受梦想的压迫
不断杀死你那织纱的恋偶

圣上 我亲吻着你高傲的脸颊
为何你要将我唇齿皮肤刺穿?
你用我的牙齿来填补裂缝的王冠
可谁又能将我回春到旧时的模样

安详 与茫然之歌

白炽灯溶进咖啡杯
时钟的声音 逐渐遥远
梦里 我那爱喝香缇酒的姨妈
轻声唤着 我的乳名
那没有方向的声 从各处传来
我沉默 不再理会那虚无之音
可又从何时开始 我将自己 委身于忧愁?

纽约的冬 飞快地
从我光裸着的手指间穿过
我将惹人在意的鲜红色的思念藏匿进发丝
想念着 肯莫尔的雪
昨夜的初雪 你和我的雪
和枯叶一起 落入我脚下低洼处的水坑
我继续行走着 渐渐地
从联场的风俗画里 不见了踪影

15

我一次又一次地
从爱人充满香气的家中醒来
又和往常一样 梳洗着疲惫的面庞
拂晓中街道上游荡的亡灵
震颤着暗香沉浮中的笛声
远方 穿过山川河流的曙光已经升起
而我 像混蛋一样
只想做粘在姑娘们脸颊上的雪花

我想 不必理会刮进眼球里的雪片
毕竟它终将同热泪一起 流过领角
就像我说永远不会忘记
热海和伊豆岛
那天我背着相机擦肩而过的
在雪地里光着腿的姑娘

Mon ami solitaire

我看到苔藓生长在草堆的岩石上
湿润的太阳缓缓滑落
向天空 他诉说着思愁之苦
初雪殷红了他洁白的脖颈
在水色的旷野间 他同山林一起睡去

我看到蝶翼生在美人的肩膀
使她一头撞进爱人的胸膛
最终 烟花一响而散
爱情葬在丽姝长满青梅的故乡

弦乐声蜿蜿蜒蜒
擦伤了我的喉咙
“你难道……”

黑暗中 你的侧影

从浅绿碎花的墙纸上向我靠近
在梦里 我颤抖
好像秋风中最后一片叶子

你颈前的念珠化作神女之泪
刺破我的前额
时钟里的布谷鸟不再哭泣
在这漫长的雨夜
走湿了我那位诚实的朋友

留声机里
法兰西女郎香语呢喃
熏了我妃色的衣袖
让我吻一口起泡的香槟酒
在这寂寞的桃色柔光下

请把我的心折成纸船

沉入夜的湖漪

你 你 你 和你们

连同我头上的麻花辫一起

还有你 永远扎在了一起

A pretty face, let me see your smile

1.

漂亮姑娘 让我看看你的笑

今晨 你踏着浊雾

送给我甜罗勒和苦杏仁

像是雪莱的野天鹅 迎着黎明 穿过雷烟

那迁徙的鸟 长着稻田里麦穗一般的羽毛

和属于苹果的小脸颊 时不时 露出忧郁的表情

我拿起木杯为你斟上果酒

你轻抿一口

那颗颤抖的心 震盲了你清冷的双眼

辛辣的红宝石闪烁着爱情的电光

“喝吧 这是我的血”

我的 灵魂 和肉体

2.

从今往后 每逢雾气弥漫我的窗棂

我都会走出屋门 往树林的方向 寻找失踪的候鸟

而我们 像是夹在森林之间的两条河

缓缓流入大海

织纱姑娘

她纺着忧愁 编成花环
薄指甲里绕着爱情流光的金线
织造着渔网 却不去捕捞
情人将爱谱成歌谣
在蓝色的绣球花旁
弹奏着 在光彩的手指间
不语 她没有美妙的歌喉
不屑把五彩斑斓的美空织进布里
在棺木般冰冷的土地上
没有葡萄酒 也没有红宝石
姑娘像一朵郁郁寡欢的野蔷薇
任凭雨水打湿她扭捏着的躯体
剪成细丝的明月穿过缀满柑橘的枝头
树影婆娑 遮蔽了她的体温
白月滑进她的卧房
一颗心中满是清水

玫瑰小夜曲

湿冷的云 紧闭着
漠了红海中妖娆的歌
天穹散发出麝香玫瑰的气味
本该火红的太阳便在污泥间
藏匿踪影

午夜 烛火通明
我凝视着头顶那使人眩晕的光点
我看到黑羽 挟裹着死鸦的尸首
沙哑的磷火烧起青灰色的暗光
生命与死亡 coexist在我的土地

你正襟危坐
镀金的波纹在你唇齿间……荡漾开来
丝丝缕缕的白雾 绫罗妖舞
勾画出临窗少女的背弓轮廓

你的手指 不断地摩挲着香烟的薄纸
苦涩的鹅黄 鲜嫩的
梨子教给你书写春天般快乐的字眼
闪光 你收起
那紧握着的 通往天国的石钥

Poème naïf

你是一条漂亮的鱼
独自在结了冰的湖里漫游
而我多么希望和你一样
可以在湖底自由自在地呼吸

你挂在眉弯间的笑眼
浸没了我那颗迟熟的心
我的心因而平静下来
而我又像深秋京都的红叶
分量太轻
色彩太重

Trois poèmes de la mélancolie

1.

死去的树干 消碎

在挂满水珠的玻璃间

酩酊大醉的 玉米地

驱赶着苜蓿草 流浪的

星曜 你头上的珠宝

掉落的 猫眼石

击水溅起层层的浪花

2.

我学着天鹅的样子向你行礼

你油黑的双辫 吐散芬芳

使女捧上盛肉的银盘

苦涩的面包

苹果酒 沾唇即亡

3.

你的形象
穿透红圈镜头
沉没在那威尼斯的夜
我下跪 收起雪晶般的眼
给予辛波斯卡式的道歉
或为你再读一首
爱是地狱冥犬

注：

辛波斯卡为波兰女诗人；《爱是地狱冥犬》是美国诗人布考斯基的诗集。

我走在平芜的旷野

我走在平芜的旷野上
矢车菊绽开花瓣
好像我的爱人露出她洁白的胸膛
那一夜 我饱餐秀色
在皎皎白月的清辉中
我皈依于泥土

弹球

弹球

时间过了七分半

弹球

八分 看着色彩斑斓逐渐消亡

她叹气

不语

人生的小白球“哒哒”地掉落在地上

La Lutte

云罅之月 杳冥中

长出缟灰色的根芽

望远镜般的猫儿 呼吸

呼吸 水状的声音

笛声如鸟叫了 隔得更远

不敌蝨蚋 林林总总

遥望 米粥般的大海

大腿根上的红花 枯坐着

我们把生的自然魔法教给破碎的神明

浮萍拨动着残天

光糸 苹果绿跃入门楣

苏醒 那闲人的风霜燃烧着

兽皮 羽翎

芝麻仁儿向往着棺材盖儿

安之若素

苒苒 松粉初黄

不惑却趋向死亡

康村印象

此心安处是吾乡。 ——（宋）苏轼

1.

华丽的鱼饼 滋滋响着
在闲凡无事的早晨
冒泡的橙味苏打和
翅梢里夹着嫩绿的
红腹的雀儿 叽叽叫着
我的手指 沾满了昨夜的蓿粉

2.

初日曈昽 倥偬而行
我踏上红鞋 追逐白日
偶有彩色的光束穿过灌木
折进玻璃样的湖面
我转身 望向满目碧琼
重林花似锦
哪缺赏花人

注：

“此心安处是吾乡”出自宋代大词人苏轼的《定风波·南海归赠王定国侍人寓娘》，诗中亦有名句“常羡人间琢玉郎，天应乞与点酥娘”。

越洋电话

I

门把手儿像只西红柿
从我掌中 滑落
徊绕 母亲电话般的声调
身陷囹圄却还噘着嘴笑
赩红色的天光 坠落
枕边的夜把金平糖揉进心烦的面团
往过 绀黑的血液与基尔酒
沾满宝利来的相纸
谁也不理会那使人疲倦的唱片

II

电话线缠着无线电
像是中和油脂的酸涩
她嚼着铅笔 讲那俏皮话
冷空调的金针点进我的眉头
想起四月某日的清晨

我看见枣子树

用一吐最鲜翠的嫩绿

拄着拐 回天乏术

莲蓬般的乌云 佝偻着背

也已经变了模样

身体介入

惘惘 白纸用碳素笔打了个叉

这般景致它早在昨夜发生

La rêveuse

铅笔咚咚敲着腐蚀的页子
思索 三五一十五套雄辩辞令
浮灰沾满信纸
而信纸尚未了结
文明修饰着野蛮人的眼风
语言却珍珠般失去了彩光

等待 毛线团的头发
凝聚属于冰块的俊语清心
我不得不去哭泣
嗓音的杨桃穿过三角形的咽喉
坠落 在石膏灰的心房

德国锁将胡桃木抽屉
盖过浓浓花痕 扮演 第一万零一次死亡
我风姿绰绰的虚弱

孤立 与圣普乐的哀悼
如出一辙

注：
圣普乐是法国作家卢梭所著小说《新爱洛绮丝》中的人物，为狂热恋人的代表。

L’ Éclipse

你清洁的喉咙 吞吐着
脸谱般荒诞的热病
套头衫充满了皮夹克
越洋旅行 缥色的
雨水 挂在耳后

家门的钥匙
濡湿我落寞的眼波
涳濛 闪亮地浴光
毫无顾忌 是美乃滋酱
翻搅平日里最庸俗的期盼

我们唱着跳着
拨弄着珠钏 四处逃窜
至亲至疏 故事总留给昨夜
而忧愁的自由自在

掀开幻影 又沉沦 泛滥
我心底的绿洲
俊儿卷起他纯白的袖口
请愿 神明站在我的面前
愿你 食指按压心脏
归还我眉间最后一抹金色的平静

原子笔写下厌情
视频会议解决不了生活难题
我与我假装着亲密
摸不到老阿贝的小奏鸣曲
谁能有我灯泡般的思念

巧巧

巧巧
重云压着
普通的我
湿抚着我 普通
的头发

我想家 又惧怕家
楼房塌倒进我透明眼窝的森林
云隙间的强光刺痛着
顿挫的心 在垂柳般的单人公寓
我吐出气泡 找寻
虎鲸栖息的云雾之湾
我闭上双眼 幻想
五十五匹白马追赶着
滚在公路上的那颗 离俗的头
抖一抖灰尘

我只想做大海边的一株野草

巧巧
千万根 手指
洗梳着
我旗帜一般
美丽的头发……

期待和零

玉兰的花朵沉入压枝的雪
你收起扇骨雕着花纹的折扇
绒毛般的歌喉 在脑海中
回荡 耳心里眬眬曈曈
口中的词调
是沉睡在珠贝里的银铃
还没出口 便被埋葬

你望着灰燕吐出一拢一拢的甜痰
那头昏脑胀的模样 盯着杯子
摇晃 把柠檬片当书信阅读
灯光照在桌上
执笔 棺木般的凄凉
夏日飘雪 雪不会停
那晚 你说你的名字也叫“零”

水中波纹

你指间的星月
恬默如荇藻 碌碌
水湾间絮状闪光的波纹
黄绿 蓝紫 同麻药一起
摄进我明矞的天顶
孔雀毛般的蜃景 碎玉琅玕
窈窈 敷着我的双眼
梦里天鹅的翅膀还未完全打开
我荡游沿溯 洄沍 重莲暧暧
日晓 细数天宫的虹光
藕花 水木合珏
却无一有你眉目这般
幻错 又滟倩多彩

Mangeurs de chair

虔诚的学生 撕着大字报纸
嘴角很伤感 他手托着腮
幻想 霓虹般绚烂的瞳光
干红的假嗓 拖腔带调
手腕与利器 一根根 嵌入静脉

他倒在地上 饥饿如贫汉一般
海盐泡过水 牡蛎般光滑
肌肉贴紧桡骨 它们沐浴黑夜
在梦里 细数伤害的乐趣
跳动的红细胞 开垦着呼吸的荒地
一个个 兴味十足

有天早上
我品尝着苦涩的空气
像铁矿一样 锈迹斑斑

直到窗幔透出湛蓝的日光
大卫瞪着他空洞的双眼 凝滞
颙望那石膏的远方
明媚的波浪迈向沙漠的门楣
结晶的铋 悄悄流血

迷娘夜舞

低洼的太阳
翻找着雨丝的咽喉
五月初五 你抬起头颅
好似胸前戴花的小童
经汝唇 呢喃着谐趣的诗篇

子夜 换乘一叶白舟
弹唱种种忧愁
有慵倦的魂灵
和乐此不疲的悲伤

子夜 换乘一叶白舟
湖心升起炷炷佛香
把还愿人的梦境
带回异乡

糸

Il n'y a bête ni oiseau
Qu'en son jargon ne chante ou crie:
"Le temps a laissé son manteau
De vent, de froidure et de pluie".

——*Rondeau de printemps*
Charles d'Orléans

海蓝的秘密弯过树梢
探病 你悲伤的遗珠
窗影前美酒醇醪
赞许 是梦的饴饧

你离开山岚兀自寻找
何首乌与冬青草
献给黎明前 芳草萋萋

白雪的春晖如此单调
大河疏导着井的意志
风的愿景 苹果树的心碎
我像是被麻袋套住了尸首
从网眼里 窥探着灵魂

注：

查理一世，也称奥尔良公爵，是法国历史上最伟大的宫廷诗人（poète courtois）之一。题记出自《春之圆舞曲》，意为：沒有野兽也沒有鸟，隐语沒有歌唱或叫喊：時间留下了他的外套。风，冷和雨。（庞凡译）

Ma Philosophie

每当月华升起
他们挽起沾满泥泞的裤脚
你眼睑上的霞光
被披上了说谎的金色雾纱
哲人的谈笑风生
如镜子般澄亮
他们说：
“时间是灵药”
可连我唯一的孩子
也几乎忘记了玩闹

Nous allons frayer le passage avec les fleurs

曾几何时 那光雨如流的晌午
虹光碎在池塘边的芦苇花茎上
你 拉着我的手
我们一起穿过花草芬芳的小径

你虽不语 可温情满溢着眼睫
玻璃戒指闪烁着钻石般的光芒
你依旧不语 脚踝踏着夕阳
我凝视的你 只剩背影

琴弦割破了我的手指
我只是静静弹着
时不时抖一抖铁锈一般的身体
潮湿的风从指甲间滑过
夜之狂想曲即将开始上演

丛林的野鹿终于停止悲号

就连那跳动的火烛也在我的膝下停熄

怀念你清透如冰霜的脸庞

那挖空的双眼

叩醒了我心中沉睡的巨魔

我依旧凝视着你

凝视越过了你的头顶

牛郎织女本应相会在盛夏

何必二月早春

注：

受好友之托，拟歌词一首，2019年11月5日写于纽约联合广场，与好友共改于同日。

Nous allons frayer le passage avec les fleurs （歌词）

光雨如流

虹光 碎在池塘边

你 拉着我的手

我们一起穿过花草芬芳的小径

无言 温情却满溢眼睫

玻璃戒指闪烁着光芒

好似钻石一般

你脚踝踏着夕阳

我凝视的你

只剩背影

火烛跳动 停熄在我膝下

怀念你冰霜般的脸庞

那挖空的双眼

再一次

染红了黎明前的喧嚣

我依旧凝视着你

凝视越过了你的头顶

牛郎织女本应相会在盛夏

何必二月早春

初见（歌词）

初见那个女孩
夏天的大海边
热浪席卷海水的清凉
她赤着双脚 甜甜地微笑
年少的我 想为她唱一首恋爱的歌
因为羞于启齿 便藏在心底

仿佛时间随着声音一起
沉入了大海
而我可以在寂寞的深蓝中呼吸 呼吸

当我再次见到她
去年阴郁的冬夜
清冷的月光摇摇曳曳 照在我的肩膀
她款步依依 走到我的身旁
像是天使披着星辉

又失去了微笑

仿佛时间随着声音一起

沉入了大海

而我可以在寂寞的深蓝中呼吸 呼吸

我轻吻她的额头

她却双眼含着泪水

定有什么事让她忧思的

不想让我接近的

她说 她对生活感到恐惧

我告诉她 只有恐惧才离光明最近

注:

受好友之托，拟歌词一首，2019年5月4日写于纽约中国城。

我漫无目的地到处行走

我漫无目的地到处行走
思念 像是那铁匠手中的锤
击打着我的头颅
我很想沉入水底
直到那寂寞的荒原
软声款语
柔声细语
碎语
碎语

2019年5月

好汉歌

My voice
Hypnotic voice
你看 那操德败坏的穷汉
他扯谎 又爱偷盗
还要抢走老者的手表

My voice
Hypnotic voice
男人自信满满
眉毛挂着癞蛤蟆的诅咒
贪婪地 分食着别人的面包

My voice
Hypnotic voice
穷脸堆砌华丽辞藻
我用甜蜜的葡萄堆满墓碑

墓碑上写着他的名字

My voice

Hypnotic voice...

拾穗诗人

猎人他无辜的驰往
瘤痳 竟思不出光彩
风吹过低头的寡草
他抬起手 桴鼓战场

旧病复发的年代
樱桃红的烛火 惨惨戚戚
一纸空文 苦彤色的腐朽
蕙影惆怅 抹黑的褴褛
谁人不通那思愁?
盼复 花顶在康乡
我再没回过四柱的联场

致夜莺

——献给キリン

伸手 桃枝写下沉冗
融萃着忧郁 并蒂合香
我语恹恹 惹人厌
恐失你 夜夜无眠

歌啭 葫芦瓶似的
将软语 挂在腰间
你塑料袋的鬈发
流入我的心脏

兴许 指腹的跳动足以愿落
美人 篱笆般的额角
语法错误很美
你的风趣 我怎会不看

琪

我问你晚饭吃了多少
你长叹一口气
烟头指向熟睡的苹果
你说以后要养两条狗
一条光圈 一条快门
还要做头脑的赛车手

两颗沉默的黑痣
爬上了我的手肘
无独有偶
洗了两遍的水壶
夜光灯罩和凤梨啤酒
还有你王字的偏旁
可怜巴巴地 望着我

厨房

——献给Z.J

你 初次来到
奶酪与花的甜咸 一口一口
我只想 把头埋进座椅靠垫
窗前 七只孤儿
啭着红花的雕刻
将我的思绪 带回南方

腌鲭鱼与莳萝 刀叉
敲响银盘 太局促
留下一道道伤痕
划开手指 探入
在酸涩的血液里
靠近动脉

宝特瓶里的风光
茶香和杜松子酒

穿着破绒布的裤子
紧紧拥抱我 冷冷清清
搅拌的回音 风月
遗落厨房

花店

你 初次来到
带给我鲜花般的烦伤
郁金香的欺骗
闪烁 在后眼
咣当咣当地探向我的脑心

午后的蜃影 重重叠叠
横竖撑起我的双腮
虹光越过天蝎星座
透向紫药水
紧紧钳住肌肤

蝴蝶豆与柠檬茶
汤匙许下甜瓜瓤的清甜
请让我再看一眼 美的典范
我的手 再无心撰那闲诗

让我做一个梦

明知道 却又永远不知道

La chanson de l'enfant

童谣唱道："天上的白月亮 黑夜的小山峰
洞前有一口井 井下是一片湖……"
仙人遗宝剑在白桦林 寻了又寻……
羊乳色的卵石咕咚一声 沉入井底
暖潮氤氲 弄醒了熟睡的鱼儿
朦胧中 独自探索着一望无边的黑暗
殊不知 自己就是灯塔 就是火烛芯
等待种子挤破柔嫩的胞衣
芽儿抽丝般地摇着温热的肢体
丁香木的芳香已经消逝
泥土中的新绿 娇滴滴的
它醒了 扬起那长出绒毛的年轻头颅
白露的雨滑进胎衣
一枝独秀 或是花开并蒂?
悄无声息地
倦意爬上我的双眼

梦里 汗珠浸湿了肩膀

熟睡的爱人握住我祷合的双手

让我欣然接受

来自大自然的祝福

Déesse de la Lune

浓厚的橘红抚在暗光里
薄纱落影 在虚实间失措
藕色的脂粉深邃如大海
默默无言 在含苞中郁悒

你从镜中遥望着我的形象
我是一座仙鸟栖息的岩洞
刺耳的琴声是冰冷的抚摸
谁不渴望柔顺光白的谐声

颊侧的浓苏芳 消毁
那烛日转在素娥眼睫
黑绒带管不住珍珠衫
阴云的湿树 吐纳清凉
都说金乌巧 偶有奇株
却惹祸致命的欺瞒

皎皎已经死去

带着新草络子

书写 那美艳的咒语

她在红漆妆盒上

留下斑斑指痕

香丝滑落

却应了 人比黄花瘦

注：

“人比黄花瘦”出自李清照《醉花阴·薄雾浓云愁永昼》。

没有一位神不会原谅走失方向的孩子

狡猾的男人
让你那柔软的耳边
充滥着情爱的诗文
于是你的芳心
便一次又一次地
醉在波西利堡葱翠的月桂之下
你自以为高明
爬上诗人栽下的月桂枝头
摇着提琴 故意露出半圆的乳房
女孩子们自不屑与你共舞
姣美的面额
娼妓的笑眼

男人们掀起你不屑疲惫的乌发
挑逗你的唇 抚弄着你圆润的膝盖
你如此欢愉 将自己冠为美神
好似那伟大的 爱琴海的风

都沦为你有魔力般 使人发狂的弦乐伴奏
翅膀污秽的天使 面无表情
他们排成一列地经过 摇着金色的铃铛
为你泥沼般的情欲唱着颂歌
那些脏的天使 似乎早已料到
为满足那顷刻间的天堂
你愿即刻就死亡

请你沐浴山泉 洗涤你的长发
和女孩子们一起 重新编织你的衣裙
她们会将合欢花与月下香装入你的香囊
再同你一起把茉莉花瓣铺满你的枕铺
教堂的光 会在清晨最明亮的时间
轻触你的额头 为你指明方向
你将伴着和煦的风 踏过暴雨经过的田野
没有一位神不会原谅走失方向的孩子

注：

诗人彼得拉克十分钟爱月桂。诗中所指为他在维吉尔的故乡波西利堡栽下的一株月桂树。

大提琴小姐

她的金发拂在脸旁
那是一颗很小的头颅
睫毛下的愁思 闪烁着辛辣的电光
弦声拉锯着
仿佛鲜血从她操持琴弓的手指间滴下
我的双脚开始变得透明
我看到穿着黑色长袍的冥界之神
正背对着我
一刀一刀 切割着时间
我夺过镰刀 剜进胸膛
那一秒 我听见了她的心跳
我的狠毒和她的狠毒交合在了一起

行板启奏
我看见面前的金色大门缓缓打开
镶满红宝石与绿宝石的金柱渐渐分成两排

我驻足 向门内张望 伴随着天国的音乐
暖风吹开玉石般的迷雾
田间野狗分食着我那污秽不堪的心脏
第四乐章 痛恨地奏着
我恸哭
而大提琴小姐仍旧抱着心爱的孩子
切割 切割

Arc en ciel

——献给A.Z

她是生命之源 却挣扎在死亡之泉

——（智利）米斯特拉尔

阿格内丝 桃花瓣一般的唇
吻着新风 从黎明到垂暮
直到你觉察到太阳发出青黑色的斑点
软缎般的思念沉默了金子的污垢

你踢走了砂石
目送从白湾驶出的商船
那位雾航拒绝鸣笛的水手苏醒过来
你却始终在追忆里远行

当西天降临 你可将回忆起我?
谁又与你神交?
我们要不要面对众神指出天竺的方向?

愿你化成丝缕香烟 封进菩提额珠
桃花般的 本不该沉沦
面对迷途的羔羊
我将会抚摸它柔软的娇毛
直到重新听见远方的铃杖

ふりかけ

你将那飞来的陨石 变成鲜花
放入我的身体
还有那白川 绿洲 红燕……
充盈着我模糊的双眼
从此 我遗忘掉那黑暗 之光彩

我用手指去触碰
触碰我裸露的眼珠
指尖湿湿滑滑的
盐渍樱花透过水信玄饼 浮浮沉沉
后来 我从闪烁的目光里 学会了作画

我将墨水扬上天空
天空慢慢下降
淌在石溪中的黑雨 匍匐着
不禁想起儿时 用透明胶带扭成的花丝

好似一度懂得了人生哲理 曲曲折折

你将撕碎的画片丢下山谷
又用双手拢住我的发丝
我疲倦地看向坐在云间的诗神
他口吐连珠 念念有词
在我那未出生的孩子身上 附了沉重的咒语

“可是妈妈喜欢异色瞳的波斯猫”
“なんでもいい。”
我手中紧握着的炭块
熏黑了我的眼角

那个用肉体来爱的青年

那个用肉体来爱的青年

像是一名战士奔赴战场
天边之月和落红之血

用灵魂作为献礼
自我毁灭式的欢欣
直到血液干涸 海水昏昏欲睡

我们痛恨着彼此
鞋拔子脸与期待
我用躯体去交换伤害你的权利
你早已失明 唱着爱情之歌

我祈祷

2019年草
2020年改

La mère

我知道它来了
审判者带来那庄严的来自自然的律法
我脖颈上滚烫的枷锁
被彼岸的焦思牵动着

母亲 你并非年迈 却眼珠混白
你宁愿将流铜灌入双耳
也不愿倾听我娓娓道来
你如丝绒般柔腻的秀发

何必长日里与焦虑为伍 纠葛缠绕
那青筋凸起的双手
紧握着我的胳膊 不肯松手
却遗忘将蜂蜜红膏涂上自己咬破的双唇

我一次又一次地被送上绞刑台

最终 手铐脚镣爆破成碎片
我一次又一次地吓得昏死过去
没人理会焚香炉里黝黑的椰酥

亲爱的母亲
你已送我了一程又一程
是时候带着那珍贵的祝福 返航

AUBE

没有天光
沉甸甸的浓爱 坠在心头
我流着鲜血 想念着你
想念在林隙巉影中遁逃
没有一枚钻石戒子比得上夏夜的蔷薇
回旋曲和伴舞歌 伴唱 梦入仙乡
你满腔热血地对我讲述着火的故事 江的故事
以及 如何有的光
可又是谁 一遍又一遍地
细读着我们波浪般的诗篇
和大雁一起 抱着温暖的竹笛
南归

AUBE II

Wie du auch strahlst in Diamantenpracht,
Es fällt kein Strahl in deines Herzens Nacht.

—— *Dichterliebe Op.48:7*
Schumann

我想 百年后 我要会你
在碧华与轮日交错的地方
褪下鱼皮 穿上母亲毕生缝制的嫁衣
指间便追忆起 画家的今生
冥冥之火处于黑暗
如忍冬里的蔷薇花一般 不露踪迹

我葬进海洋的身体 固成化石
那精魂 痛吻着 甜腥的唇
(你用强壮的指尖 紧扣着我的灵魂)

是否再次证明
没有翅膀也可以迎风翱翔

百年后 你我终将相会
没有恐怖 没有斗争
烧酒暖着眼中清泪
我却毫无保留地思念你
清脆得 像是那夜莺的游戏

“斟上这杯吧” 你说
金山环绕的大地 俨然
一半是浑天 一半是极光
我却毫无保留地思念你

注：

Dichterliebe：德国音乐家舒曼创作的歌剧《诗人之恋》，题记意为“即使沐浴钻石美光，光亮也无法穿透你黑暗的心房”。（洋子译）

AUBE III

我有一枚西藏来的魔力小盒
巫婆说它是稀世珍宝
于是我颠倒那铜绿的小盒
白昼与黑夜随着心情随意变换
我吃着煮熟的果实
观看天际水乳交融
此后 世间再不是冰雪 荒原 漫山 寂寂

我与爱人是躺在白天中的孪生婴童
在可爱的青苹果上留下酸涩的牙印
陶瓷罐里关不进的
阳台边上金茸茸的玉兰花
田野里追逐着榄球的小妹妹
她将你的书信对折 埋葬
从此你的世界里 再没有
红拂 绿珠

春雨漫波

漫波 春雨
墨珠般丰艳的 火焰
燃着盛着我的
变形的瓶子
强盗一般
吸取着我鲜软的乳汁

缭绕着的
古墓般洞穴的气息
找寻 干涸的池塘
池底绽放满地绿藻
绿藻 第一次感受到
从宇宙舶来的
震颤的呼吸

嘿 我满地的空瓶子

光束折射着玻璃
舞蹈着 虹彩斑斓
喊着我的小名字
我要走了 你们
又该何去何从呢?

公路旅行

I

海豚之歌 与碎雨
绵绵不绝的
你被金光照得发烫的额角
美国公路 特有的低矮天空
也有桅桁高得惊人
似乎在招揽着 天边的浓云
"baby 这是给你的歌"

手指 不耐烦地"嗒嗒"敲着
膨胀着的心脏 还好
我们过了一座又一座
红色的桥 绿色的桥
桥是利剑 刺穿心脏

II

甲壳虫们 疾行在90W国道上 同碎雨一起

（粗笨的）不远处闪着黄灯的大家伙
夹着橘标杆 和路障桶
像是黑姑娘头上的花布子
同隐于洞天的橡树湖 一路 陡斜着
白房子孤凄凄地 遥望着我
浏亮的棚顶在树影间 闪闪发光
毕竟 它知晓
在这条路上
有人驻足 有人远行

III

淡绿色的霉菌 依附在盘根错节的 枝与枝中间
偶有一身白衣的尖尖 探个头
再蒸发得无影无踪
在这车窗的方格纸上
枯木枝横在沥青路上 告别着

活像情人节白桌布上的 野玫瑰
雪银色的阳光 划破云层
与汽车一起 举行一场
盛大的闪光派对
凝在窗边的雨花
像是被挤破的罂粟果
欲欲地 流下白色的汁液

IV

玲珑的晚灯点起
山羊驼着野马
闪着蓝色电光的 广告牌上的
美男子 见证着
我和先生爱情的氛围
在移动的小房间里 不断发酵

先生是 眼里藏着一圈海洋的精灵
睫毛是守护海滩的
mangrove tree
我像玻璃虾子一样
嬉戏在先生的怀抱中……

V

温暖的 无花果的芳香
在甜蜜中升腾 粉红色的
柔波弥留在
雨汽凝结的车灯后……

注：

mangrove tree：红树林是生长在热带及亚热带海岸的灌木，与虾类构成奇妙的生态共生关系。

暮らし

溽暑赪紫的霞光
点亮 顿河的悲伤
彼此疲惫如参商
参商又叮叮当当

发泡 在耳后星宿
南柯一梦 未可知
永不相见的大风
刮倒十棵李子树
耳听为虚 况且
他说那“B” 是比特币

注：

“他说那‘B’是比特币” 指旅法艺术家庞凡（fansack）于2018年赠与我的画作*Piggy*。

L' ivresse

——献给Mo

我背着新风 痴痴
在镜前思你那瘦削的肩膀
哑暗的光透过百叶窗
探听 女子迷雾般的睡房
门外两条黑狗狺狺
带给橘子酱的欣慰 翩然而至

你说带我去加州最美的夕下
于是 海平线的魔术师
抬起石青色的浮漂
鱼藻悠悠 你袖口沾着薄雪
吹响 齿轮一般的长萧
曲曲如屏 谁知
心脏早已滑入天秤

如此夜晚与季节无关

雨水滚着云层遁逃

而我像个傻瓜 为你读诗

只为在你跟前酷上一点

茫茫暮色 一遍遍在耳边

细读你三个音节的名字

Moo-ni-ca

那么此别

又去向何处

Près de toi

我认出风暴而激动如大海。

——里尔克

我们迟眠晏起
新增24小时悲伤
品尝 矿泉水味的舌头
俾昼作夜
摸索乌金色的晒光

掩面
护目镜的菩萨
喷着消毒水
普度众生 香灰
落在万有引力的客舱

血液在召唤
针尖的舞蹈

无人知晓
耳垂上的红莲花
遗忘在CA 988

注：

CA988是COVID-19疫情期间美国洛杉矶飞往北京首都机场的唯一航班。题记“我认出风暴而激动如大海。”（北岛译）出自里尔克《预感》（*Vorgefühl*），原文：Da weiß ich die Stürme schon und bin erregt wie das Meer.

L'odeur du cuivre

一双巧手探寻着被热恋灼伤的幸福躯体
你的肩和颈 你的肩和胸
你裸露着的肌肤上泛着赤金之光

昨夜一场大雨使人双目失明
在爱情的海浪里
我说诗才是灵魂舵手
那又是什么让那心儿
迟迟不肯上岸?

“海之子浮冰一般的灵魂还不想离开这悲泣的肉体”

2019年5月30日草于东京国立美术馆
2019年8月30日改于纽约联合广场

人间的告别仪式

玻璃碎成漫山的哭泣

——王淇生

汲水 淘米
赤焰穿破极光
洗眼 汗水落在地上
融化了冰原的海鸟
无言 沉默的三十三分钟
女人用她滚烫的喉咙歌唱
像围网中的冰鱼
她哭喊 吵嚷
在细雨中
干枯的鱼儿流进大海
“海之子愿意做你忠实的仆人”

2019年7月3日草

2020年5月20日改

注：

在古代的日本，渔人在湖水结冰之前布好渔网，等待收获冰冻的鱼儿。题记出自王淇生《爱人在南站告别》四：昨天你还要我哭，明天你又要我笑……

L'odeur de la peau

树影曳着夕阳 浮沉
像那葡萄干 融化进焦糖烤布蕾
橙红色的薄雾凝结成海盐味的水珠
顺着牵牛花和菟丝子 渗入土地
摇摇欲坠的夕阳
唤醒那泥泞中深绿色的莴苣
扬起沙土和瓦砾
即刻准备冲破云霄

南方的翠鸟折来扁柏枝和合欢花
而诗人坐在巨树顶端
摇着葡萄酒 执笔新篇
Selkie在白石丛中捡拾贝壳
诗人观看着她
她亦知晓
好似爱人之间的游戏

庄严又亲密

她解开修长的纱巾
用薄指甲扬起那冥界的发丝
遮蔽住她琥珀色的双眼
失聪的魔鬼在火湖中歌唱
好似烤炉中的玉米花一般
咯吱咯吱地爆裂
发出的尖声怪气的声音
午夜敲响海面的沉钟
黑嘴鸥睁开恶魔般的绿眼 放声高吭
巫魔夜会被推向令人悲泣的高峰

诗人熟睡
睡梦中 那美丽的情人面庞妍红
她羞怯地笑着

被烛光映得金黄的乳房贴在诗人胸口

低着头 抚摸杉木般清凉的身体

肌肤之香

耳语情话

2019年8月4日草

2019年9月13日改

注：

Selkie: 英国传说中的海豹女，她们生活在海洋中时穿着海豹皮，而上岸后脱下，变成美丽的少女。如果她们脱下的皮被人偷偷拿走并藏起来，她们将无法回到大海。

巫魔夜会（nuits de sabbat）是传说中世纪巫师和妖怪参加的在星期六午夜举行的庆典。

Le jardin dans la paupière

他手里的相机像是左轮手枪
弹壳落在地上
变成了叮叮当当的诗歌 抄给我
于是 整个地球的音符 都在为我跳动

想擦上红指甲
轻轻勾一勾他点在琴键上的手指
沾有香气的灰尘随而从空中落下

想擦上红指甲
把他前额的黑发拨到耳后
像把山上的群羊引到谷地

就这样 青鸟衔走了我窗台的茉莉
毕竟 他同静物一样
只需摆放在那里便足够

清醒之后

清醒之后
还好没有敞胸露怀
俊儿镜子般神隐
眼看红烛的细光
与明媚的梦魇
渐行 渐远

你从不理会晚餐的邀请
只由香槟酒 顺着气泡漫走
找寻一口清洁的牙齿
再配一只鲜脆的苹果
凉风雕刻着我的手表
我在静静等 用你喜欢的样子

等像那年初春
鲜花撒满餐桌

我收起南京的小盒
只想在你面前 装作可爱
酱紫色的街光洒过头顶

亲爱的 我等这个拥抱已经太久

2020年3月

Ma muse

我的muse
今日 你来到果园
带给诗歌与珍奇的音乐
我品尝着鲜果 与你相恋
让我看看你随手不离的新书
书脊里藏有泡沫纸的执着

甘松香与玫瑰糖糕的酥甜
轻歌曼舞 你的肌肤
沾染上青云浅碧色的薄衫
我的果园没有一片蓝天不为良人所倾倒
你哼着神秘的歌谣
脚掌轻点池塘
鱼儿聚集一团 端起书香的信纸
我颙望 看你的 一笔一画
“直到梦见另一个梦”

樱桃酒湿抚你的唇舌
豆萁般的素手
抹了抹慵倦的眼帘
又拉下天使们金币般的星辉
纤月依依 你闭上双眼
祈祷夜的白纱

我用沉默代替神的语言
像是一位信徒走进梵蒂冈
我可怜的朋友却思爱疾苦
渴望 从一座地狱
走向另一座地狱

カシスソーダ

在这东洋晶蓝色的夏日
我的笔 在满是褶皱的和纸上
不断重复着 重复着
试图描绘那完整 洁白的圆
仿佛手腕它执信于
世上所有美丽事物 全部都是圆的子民
陈列柜里涂满奶油的圆形西点
翳影闪烁的瞳孔是圆的
还有眼中满溢着的
彩虹宝石一般的圆形泪滴
海之子也是
和树上挂着的樱桃一样
摇摇欲坠

昨夜你的吐息倒出雪莉酒的香醇
天神又知否你今天不会等风来?

你将Bach掺进每天的饭菜
梦里 睡在琴键上的天使苏醒过来
在琴音声中留下字条
“我和海之子一样
是你胸中躁动的野鼠”

涩谷日初

涩谷日出 涩谷日晓
空心的钢管抵住水泥墙壁
记得是科迪 唤起破晓

浴池缠绕着浓发
吸血的虫 蚕食痛痒
我放下疲倦的行李箱
醉倒 电影喊在梦里
惨暗的灯 沾血的刀
魂断蓝桥或麻药搜查

伸手枕边的小偶
“你可曾思我思得心短？”
它想 我想

加冰 卡茜思苏打

凝望着蓝调

幻想 调入

浓汤般的 柳橙汁

腻了血腥玛丽便丢弃在一旁

谁能有我这般信仰

另一个月亮

穿上円山町的睡衣
皮肤重获记忆的感受
你说出门走走
去看和我同一个月亮
可我的月亮 却与你不同

我的日本月亮 那年夏天
急躁的声音问我何时把星星关掉
冰箱装满方盒细面
豆乳一般 安之若素
无聊电台评选最美街道
却有人在电话铃里 传播思念

飞鸟告别着日光
站在电线杆上
月亮变得不苟言笑

不再理会挨饿的孩子
街上有人终日焚香
直到冷气吹出茉莉花风
我猜想 每天的早餐晚安
月亮早已是你的日本月亮

神说“错”
收起金色的福兆
沉默的夏夜 练习
上膛的子弹打穿太阳穴
Roulette 太冒险
却又十分耀眼
想坐轮船翻找整片海洋
寻找 那消失的月亮
眼泪的血
暑热的水

“我的月亮就是你的月亮”

孤独的爱人

藏心底的情话
说了也像没说
别说此刻孤独
孤独的永远孤独

“距离产生美嘛”
我劝自己
从眼神会出你的心意
不要停止
缄默地布施

而酒过 总又想起
你那乖戾的恋人
眼下有痣
她扮演着另一些人
在你梦里
哭笑同一摊浑水

眼泪

——献给戴眼镜的小爱人

我们一起沿着小溪散步
水声浸泡我生病的耳朵
波光 赖在我身上
我是管不了
只得要你抱
便把它挪到你身上
你低着头
心疼你踩碎的眼镜
听 昨夜的眼泪挂在爱人鼻梁

95号心碎

那天灰色的光
在我眼帘以前 心波尤淡
街道上 有穿着山本耀司的时髦身影
时不时 摆出几个过时的姿势
便宜可口的饭菜 在木屋里
叮叮咚咚的 像用牛奶煮沸的黄铜
卡拉OK
一叶障目
又无一不是我相信的歌声

警笛是夜晚的哀悼
消防队出动
奔跑在谁也梦不到的远方
我抱紧我
摆出一副上帝喜欢的面孔

嘲弄着石竹花
和兔耳草
嫉恨那芬芳

我不解 第九十五种心碎
百分之九十六的爱恋
西班牙语的词调
不是皮亚佐拉
软语呢喃 轻揉我耳心的绒毛
城市的霓虹灯光总不如海风
两种力量的小松鼠 跳跃着
它觅食 左找右找
不断寻着藏身的夹缝

我摘下假眼 假眼变成镜子
镜子里映出红色的面孔

面孔低声细语：“只要你可以”
“我不可以！”我大喊
眼泪溅起新年般的赤光
群氓操起群体意识的权杖
不懂灾难 也不晓幸福
血液沾上磨破的白衫
权杖上面刻着的 永远只有一句
“你应该……”

走过来的漂亮男孩眼珠像玻璃球

无题

暑夏的叹息
被干草般的雾气覆盖
我窥过夜晚的针眼
面孔不存在 影子也不存在
像是一张白纸 被风吹过路口
糟糕的恋人手捧时间
踩着木桶 望向水泥色的高楼
楼上有人练习钢琴
题记里写着献给莫里哀的天堂
街上的人们提着着火的灯笼
在垃圾桶的边缘 体味着夜的狭长

楼下 佃户般的佛爷
用橡子搭建一个平台
他脸像牲口 牙齿像猛兽
黑夜不存在 眼睛也不存在

湿润的墙画泄露雨丝的青烟
滚烫的绳索抛向大海
黑孩子抬起双手 藏起谜语问他的船长
再等上一会儿吧!
我用低沉的声音 劝阻心急的恋人
如果你不想在膝盖下面
因为苦痛 被掐住呼吸
而他纹丝不动
只当踩坏了一块丑陋的面包

2020年5月27日

2018年的诗歌

Poème embêtant

我按住她微张的嘴唇
洗梳着少女白蜡般的身体
水珠从她睫毛缝隙滴下
她那小手撩拨着满头根根分明的秀发
我听见 远方深林里
河畔的仙女正在弹奏竖琴

靛蓝色的天鹅绒裹住了她妍红的裸背
好似夜之明星守护着果园
我禁不住把头埋在她的小腹
贪婪地 享受着少女贝壳般的香气
那一夜 梦里我拾起了
被酒神杖敲瘪的盛水的铜壶

她抓着我的乳房 向我索要甜食
空荡的房间里还布满着热气

我将金杯里盛满樱桃酱和玫瑰花

美惠女神的三重奏

溶于月光里

心底里的那片绿洲是让人觉得最接近天堂的地方

我抚摸着她大汗淋漓的前额 她湿漉漉的发丝
紧紧贴着额头
林间的闷热夜晚泛着无花果的气息
皎月下的女神啊
潮湿的香蕉树叶遮挡住她金色的身体
健美的双腿微微曲着
芒果树丛中 女孩子们神秘的眼神
好奇地东张西望着 好像是
待采撷的鲜花一般 娇艳欲滴
皮肤黝黑的孩子们高举双手 唱着 跳着
在这片芳香的土地上
我亲吻着她那富有着野性之美的颌角
我的肚皮和她的被汗水粘在一起 紧压着
在清亮的月光下
我们像一对在草地上趴着的孪生婴儿
我的胛骨处隐隐作痛 好似也将生出洁白的羽翼

和她一样

在这闷热的天堂里 毫不顾忌地 赤裸着身体

丽湘春记

新年求福要喝麻薯汤
薮薮 汤里憬明
骨灰瓷里的小豆沙
白面的娇娘 剖腹藏花

月季花的尸体
装入彤黄的漆盒 流亡春光
月季和海之子一样
是玦玉 被砍掉了脚丫

谷雨冲散我严密的词藻
贴着花梁 流入多情的湘江
雀子筑着爱的香巢
四月阳春 厌浥鲛绡

桃乐茜

她唱道：

"漫天飞舞的丁香

沾染泥土的丁香

舞女一样的丁香

天神啊 我向你祈祷

善良的姑娘何时才能够拥有爱情

……"

——《第六支歌》

桃乐茜——第一支歌

诗人充满忧思的双眼
倒映着他笔下蘸了蜜的
只由陈述句书写的赞歌
那赞歌虽修辞单一 却永远不会沦为世俗
远超其他诗人那般平庸的作品
他目不转睛地看着窗外 雪精灵靠在香柏上
整片冰原 望眼欲穿
他是多想将头伸向冰天雪地的窗外!

“求求你别再捉弄我 ♪

我是多么渴望你 ♪

渴望 早已思爱成疾” ♪

每当情人用指腹轻点他的美唇

那唇便在他温柔的吐息中 触手生温
他的笑 好似暖阳美玉 又像甜蜜风暴
香风席卷世间每一个角落
他所经过的地方 无处不是春暖 花开
他十只纤细如玉葱般的柔指加速舞蹈
倩影好像水中女仙扭动的柔软腰肢一般 勾人心魄
这双被美神钟爱的 不曾沾染灰尘的手 除了提笔
只应用来手捧花环
或是像罗萨里奥一般在胸前刺上红玫瑰 永葆芳菲
又或是被海泡中诞生的阿芙罗狄忒关在
金色的宫殿里
女神解下她蜂蜜般的腰带
春天之歌 和不朽之爱

桃乐茜——第二支歌

少女走来

却没人注意那紫罗兰

她眉眼低垂 美丽的发丝拢在耳畔

花间那半隐半露的脸庞上 闪耀着晶莹的泪珠

白头的鹦鹉 振了振翅膀

有如提线木偶一般

笨拙地 聒噪个不停

它唱道:

"美丽的姑娘 跟我走吧♪

我甘愿变成你纤纤素手中那幸福的琴弦♪

你再不会同紫罗兰一般 在暴风雨里挣扎♪

我要带你寻觅星辉流霞♪

在悠扬的歌声里 饱尝生活之饴♪

你早已占领了我的心房♪”

在这寂寞的夏波里 滚烫的空气中
暗绿的椰林树影婆娑
少女的心里 却是冰冷的冬天
远方织布的老妪 闭着眼
反复唱着波多黎各的古曲小调

“回家的人啊♪

试问 又有谁能躲过漫长的白昼♪”

……

桃乐茜——第三支歌

“我慕名 前来♪

穿过瀑布与黄沙♪

寻找美的典范♪

只消听你们一曲♪

便也死而 无憾♪”

……

诗神手指美惠女神
指名要听悲伤的音乐
台下的妓女
在她白牡丹的温柔脸颊上

画圈 拍着香粉

剧幕拉开

乞丐扮演着唐璜 同美妇人嬉舞

神向我祷告

然而 我痛哭

桃乐茜——第四支歌

“山谷间古老的骑士茔墓充满爱恋♪

少女们新鲜的躯体是大地般干爽♪”

……

秋夜集会
细胳膊的少女们围坐一团
咬着舌头 窃窃私语
矮个子女孩用勃艮第红的薄纱遮住浅桃色的下体
蓝眼睛少女像猫一样拨动着额前被风吹散的卷发
唱起颂歌
小雀斑女孩和她的吉卜赛小女奴手拉着手
小女奴替她扶起那滑落双肩的粉红色细带内衣
而她慢慢靠近 羞涩地亲吻着女奴金棕色的
颤抖着的颈项

小雀斑女孩抽出左手 抵住海浪

最年长的那位则趴在地上

掺着千万片玫瑰花瓣的金发 堆云卷浪 把她那对

膨胀的乳房掩埋 又俏皮地一翻身 露出如铜壶般

光滑的裸背

我蹲在矮灌木丛中偷看

手指对照着乐谱 再笔之于书

桃乐茜——第五支歌

雨水顺着额前的柔发打湿你的眼瞳
两只被墨汁浸润着的玻璃球
像是银匠手中磨得发亮的圣杯
我轻声唤你
你款步依依 像是一个少女 光着脚
手臂似藤蔓 结出十多个花苞一般的手指
你用那满是伤痕的淌着殷红鲜血的小手
捧着拾到的宝物
你凑上我跟前 滔滔不绝地讲述着宝物的来历
云雀掉落的羽毛 石矿的泪滴
天空上的琴弦 人鱼的香炉
还有和克里希提亚用真心换来的痛苦的不洁之花
我叹了口气
抚摸着你惹人疼爱的额头

“姐姐 你在哭吗♪”

……

"哎 特吕亚♪

我那可怜的♪

被女孩子们捉弄的笨小子♪"

桃乐茜——第六支歌

I

坐在河畔草地上的放牛娃唉声叹气
手捧紫丁香花 盯着河面 浸泡在泪水中
他怨恨自己为何生出一副被人耻笑的丑脸
却又爱恋着丁香一般的姑娘
放牛娃忧伤地吹起芦笛 群禽飞栖
曲毕

"潘 母亲说该回家啦♪"

鹦鹉叽叽喳喳 指手画脚
太阳落山 放牛娃骑上牛背 把丁香丢入水中

II

河对岸
用金砖银墙砌成的装饰着宝石的宫殿中
盘着栗色长发的妙音仙女 睡眼惺忪

她起身 迷离着双眼走出金殿

她散开长发 褪去长袍 踏入池塘沐浴

她用酥软的歌喉吟唱着爱情的歌谣

曲毕

她注意到那紫色的小花朵

于是从小池塘边捡拾起丁香

她把丁香花瓣含在口中 闭上双眼用薄如蝉翼的

长指甲 拨弄着比她要高许多的竖琴

暖风吹起了盖在她大汗淋漓的洁白肌肤上

那淡紫色的纱罗

这位长了一对圆润乳房的少女用橄榄油涂遍了身

上每一寸肌肤 尽管这样也无法滋润她潮湿的身体

她唱道:

“漫天飞舞的丁香♪

沾染泥土的丁香♪

舞女一样的丁香♪

天神啊 我向你祈祷♪

善良的姑娘何时才能够拥有爱情♪”

桃乐茜——第七支歌

我的爱人生活在遥远的中国
美人未曾去过瑞雪香云的北国
美人生长在在阴郁的南方
临行前夜
我轻抚她那纤细手腕上那乳色的玉镯
她侧过身去 不再理睬我
朦胧的纸窗上蕙兰花叶俏影曳动
珐琅质的四脚香炉青烟袅袅
广藿香在夜间把诗意磨碎
如墨的晚天是浓黑的睡眠
我倾听着甜美的吐息在她温柔的缄默中碎语呢喃
我看到她幽幽含愠的 烟灰色的双目中 噙着泪水
从她古瓷一般洁白的脸颊 滑落
座钟背负着倒数的命运 石磨成就米的恩典
梦里 蕙兰仙女用古琴弹唱:

“泪泫空，心悻扰，并蒂单落合枝折。♪

倩影幽幽，不问兰花痛。♪

灯影照香衣，回生勿念薄幸郎。♪”

桃乐茜——第八支歌

我渴望她 渴望所有柔情蜜意

渴望她粉白色的细脖根

渴望她绵软的年轻小腹

而以上这些 全部沉睡在我那结了冰的记忆之湖

多少次在梦里 我得以拥她入怀

她在我耳边哼唱着纤细的音符

而那音符不断回荡在我的心房

同她的鼻息 吐气一起 淑气芬菲

而我离开这片土地 当百合花枝轻柔地低垂

“欧 玛利亚 我的好妹妹♪

我走后 天使可还会将我床榻窗棂铺满鲜花？♪

欧 玛利亚 我的小天使♪

此后 我闻遍所有花朵♪

再也没能寻到你衣裙上 同样的馨香♪”

注：

本篇改自伊萨克斯小说《玛利亚》。

桃乐茜——第九支歌

清晨 伴着温柔的清辉
当我穿越充满雾气的丛林时
看到林间湖畔上
有一位吹魔笛的妖女

我怀着心跳躲在树后 窃视着
馋涎着那白衫中若隐若现的裸背
轻柔的音符从她口中吐出
转眼间 又消失得了无踪影

“啊 来自异乡的旅人啊♪

露水已沾湿了你的裤脚♪

别再用繁枝将自己隐藏♪

快来 快来 上我跟前来♪”

说罢 我疾步走上前去
她仿佛不知疲倦一般地吹笛
我随之也变得不知疲倦起来
我清楚地看见她膝侧
那卷曲着的水下游蛇
拨弄着柔波中的紫色水草
直到落日熔金 笛声戛然而止

放下芦笛的妖女羞红着脸 跪坐在我面前
她褪下长衫 露出卵石一般光滑的肌肤
眼前这美艳的年轻的肉体使我几近发狂
我欲吻她 在这奢华的仲夏夜
她却用食指抵住我因燥热而干裂的嘴唇
她起身 光着脚 跃进了如镜一般的湖面

我紧随其后 在湖底与她拥吻
我抱着她浮上水面
在月光中 睡莲的荫蔽里 她潮湿的卷发紧贴我的胸膛

新婚夜毕 我将熟睡的她抱上岸来
梦里 她的食指在我赤裸的胸膛上
一遍又一遍地书写我的名字
当我目光在她的玉体上游移之间——
注意到她小腹上有一颗黑色的小瑕点
我尝试着将目光移开
却无法做到不去思量那颗醒目的黑痣
“该死”我心想
我松开她的手
于是 万籁俱寂
我穿上我附着尘埃的黄色皮靴

继续赶路

桃乐茜——第一夜

夜里 走不动的老怀表从落满尘埃的墓碑上
摔掉了它包着金边的壳 那是桃乐茜拥有的唯一
一件大小刚好可以握在手里的物品,
同时 写满了表盘的晦涩词句同她延伸的
充满忧思的眼波一起破碎开来
要知道 她可从不曾允许任何人靠近这个位置
雏鸡
吃人女魔
海泡似的回音
忽明忽暗的行星
夜莺停留在人们幽会的地方
远方传来古老的船歌
采花人看着夕阳 面容消瘦
老人们拨弄着不知名的乐器
被法兰克福香肠填满的油嘴疯狂上扬
微微颤抖的笔借着微微颤抖的手在那十二根鲸骨

上一一抄写着爱情的诗文

拥有一头柔顺棕发的少女对着初夏的桃金娘

托着腮发愣

后颈部刺着鹰喙的男人目不转睛地盯着没有鱼的

木桶

雨水拍击万里长空

雪兔纵身跃进山林

旷野上的舞娘香气袭人 用她那涂着殷红色的

微勾着的指尖挑起不存在的鲛绡

面无表情的男男女女提着人鱼油灯迎面而来 互

相穿过彼此的身体

“嘘 说夜的那个人 我的小恋人 你永远不会知道

你的夜 比白昼更美”

桃乐茜——第二夜

玫瑰不止生长在白昼

克里斯 请看着我的眼睛

你告诉我 比起撒旦 究竟是谁放不下**

夜本就不是地狱

斯芬克斯 乃至于被称作混沌的黑暗诸神

他们降世的目的也极为简单——它被称作

【快乐】

被称作【快乐】的沃土上不生长任何果：愚蠢是邪恶的

哦 克里斯 去做你的晚祷

而由【快乐】分裂出的贫瘠不育长出倒错的果交

由我来享用：不错 是你 是你引出邪恶的概念

把邪恶变成了愚蠢

桃乐茜——第三夜

来 把这些坑坑洼洼的白煮蛋统统吞下肚子
还有用艾酒 柳橙汁 威士忌 加上混有人乳的樱桃
甜酒 调制出的真正的血与沙
休憩 残酷无情的**
夜之精灵在神秘的曼珠沙华丛里一遍又一遍地念
着让太阳消失的咒语
她知道 只有她死 他才会卸下她身上的锁链
“I still feel like a slave my majesty”
***
**
*
昆达里尼 沉睡的蛇 从太阳花田开始……
“Now I became you
Infinity you”

桃乐茜——第四夜（圣诞夜）

圣诞夜 淘金人把黄金一饮而尽 从他那印着小方格的长裤口袋里摸出冰冷如尸体般的一小截长棍面包

牧羊少女在耳后别上没有香味的花朵 用方巾小心翼翼地包起咸味奶酪

哦 凝视着巴黎夜空的英国人 他等待着那第一个亲吻已经太久

金发的美妇人穿上绿色的 刺绣着百合 玫瑰还有含羞草又镶嵌宝石的紧身胸衣 端起雪莉酒 皱着眉 用娇嗔的嗓音呼唤着情人的名字

那个扫烟囱的孩子 现在又到哪儿去了呢

“圣诞快乐”

年轻的作家拿起手中的诗稿 摇身一变 将一条用白蕾丝织成的腕花 系在他小妻子那天使般洁白的手腕上

“乖 只要你做个好孩子”

说着 他把无花果含进嘴里

桃乐茜——第五夜

“陈皮 茯苓 生姜 月季花……”胡子花白的老先生用他干枯的手指摩挲着早就被虫蛀得破烂看不清字迹的草纸
他缺牙的口中还念念有词：“蛇虺 蝎子 蛤蟆 蜈蚣……”
“草鬼婆的血”老先生睁开全白的双眼
一脚踢翻火堆上冒泡的黄汤 草地上冒起白烟
长相怪异的越人袒露着伤痕累累的胸膛
以匕首为笔 在黑纸上切割着月牙状的文字
水族女人低声哼着俚语小调 用彩色马尾绣饰带和白得发亮的银珠装饰着蓝色的嫁衣 银珠以紧凑的形状排列成圈 与她横穿过耳垂上足寸宽的银栓一样 摇摇欲坠
杜若花丛中 几只黄腹山雀落在习得鸟语的小童腹部 谈笑风生
倒挂在月桂树上身体轻盈的东方精灵吹着芦笛

放任生长在山洞中的藤蔓在我脖子上一圈又一圈地缠绕

曲毕 精灵手指湖面 萤火虫便聚集起来 随即把焦黑的炭块倒入温过的瓮中 汲来水 奉上前去

后来我才得知 那碳土烹成的琼浆玉露 芳名普洱为茶

而我 听着箜篌弹奏的五声音律 看着仙女的舞蹈

用精灵赠予我的 美玉色的墨汁 撰写着东方幻境的夜

与此同时 西方的太阳从落日之湾升起 依旧也没把我叫醒

桃乐茜——第六夜

海女褪下水色长袍
小麦色的肌肤暴露在空气中
紧接着 大大小小的鱼儿跃出水面
争先恐后地游进被遗弃的木桶

猎人步枪走火
野猪 麋鹿和羚羊听见枪声
拼了命一般地飞奔出山林
在夜幕降临前的黄昏里 迫不及待想要送死

卷曲着的 柔绿色的山菜和结满鲜艳的果实的奇
幻植物在风中摇曳着
召唤着过路人前去采摘
似乎再也无法忍受无人触碰的痛苦
和漫漫长夜

桃乐茜——第七夜

宴会之夜 雅各布牵来一头小毛驴 交给红色的人
红色的人挥起铁锤 又用钝器刺入小驴颈部 随后
开始破骨 分尸
红色的人把肉从驴骨上剔开 按照部位区分开来
又把驴骨一截一截砍断
血和内脏 也被红色的人分开装进铜制小桶 随后
交给白色的人

白色的人焚烧驴腮骨 将骨灰和黑胡椒撒在生碎
肉上调味
他将迷迭香和嫩芦笋捆到一起同放在铁盘上的后
背肉一起投入火炉 火之精灵们在小驴上跳来跳去
白色的人不断敲打着用蛋黄混合水油的荷兰酱
把内脏炖汤加入酸式盐 从一百一十华氏度开始
搅拌 直到加热到一百九十华氏度才停止 顷刻间
不洁的褐色浑汤清澈见底 以至于看得清小驴的

肺部沉在锅底悠然自得地呼吸

白色的人突然死去 以致死亡和油烟的气味沾染
了小胡子男人蓄着长发 离俗的头
他扔掉手里扎着心脏的叉子
大喊道：“拿细耳人不可接触尸体”

桃乐茜——第八夜

哦 葛培利亚 夜的舞者
你站在父亲的阳台上纹丝不动 目不转睛地对着
悠悠长空发呆时 你那黄油般的头发伴着夏晌的
热风在你美丽的额头旁飘扬
你拥有诗人欲求狂吻的嘴唇
和犹如珐琅制的一般 恬静的 闪着灵光的眼眸
是那么不解风情 不懂悲伤

夜幕降临 戏剧开始 你随着华尔兹的旋律尽情在
金碧辉煌的时钟下蹬着红舞鞋 不知疲惫地跳你
喜欢的舞蹈
“Papilon！”你指着住在时钟里整点报时的
小蝴蝶 眯着眼睛开心地笑个不停 学着它的样子
张开双臂 跳啊跳

可葛培利亚 你不要忘了 多久以前 你那混蛋父亲

亲手锯下你那可怜的双臂 又将直轴刺穿你的胸
腔 就连你那两条惹人疼爱的细腿也没能幸免
当每天清晨 直轴停止转动

“Sus-sous”
就算你使出全身力气也照样动弹不得

你将还是会站在阳台上 小嘴微张 用那充满好奇
的眼神注视着天空 一如往常地做那多情诗人他
爱恋着的自动木偶
与此同时 诗人躺在草地上 托着腮 正看你到入迷
你脸颊上细小的绒毛被太阳照得发亮

葛培利亚 倒霉的可怜虫 你和太阳一样 至死都无
法逃脱东升西落的命运

葛培利亚 可爱的小天使 你千万不要哭泣

不只是你和太阳 桃乐茜和我也一样

每每想到此 我父亲便挥起愤怒的三叉戟

如我所愿 将整个世界浸泡在泪水中

桃乐茜——第九夜

“林一帖中医师包治百病”
这位戴着瓜皮帽奋笔疾书的中国男人用笔杆推了推下滑的眼镜 若有所思
“姑娘你不要哭了 试试我这个药吧”
一旁 砂锅中的草叶被羊皮纸包裹入筒 摞成小山的纸包 稀世珍宝 被头发稀少的小个子男人带走
他口中念念有词 虔诚得像是在石佛前许愿的信徒
林一帖颤抖着他干枯的双手一遍遍地从玻璃制成的瓶瓶罐罐中掏出一捧捧有如是东方仙女们亲手编织而成的 云朵一般的药材
药材们个个有着好比“玉竹”“北杏”“灵芝”“降香”云云 古色古香的漂亮小姐一般的名字

守陵人身上沾染墓穴的味道
星星滴滴答答散落在铜盆里
拴了线的秤砣刷刷移动

唉声叹气的母亲向林一帖抱怨 方十一已经到了识字的年龄 却还未断奶

小童在旁一本正经地翻动纸页念诵忆王孙

“满眼芳菲总寂寥……”

母亲眉头舒展 骄傲地亲吻小椰酥的额头 一边递上削了皮的金苹果

林一帖的花镜滑落鼻梁 小心翼翼地嗅着香炉里的灰烬

……

“先吃两周看看”

林一帖一遍遍拨着算盘 继而 又如母亲一般 从布袋里挤出苦汁

桃乐茜右眼光芒闪烁 双手捧住金色的圣杯

将褐色混沌的香蜜一饮而尽

顷刻间 烦恼烟消云散

桃乐茜与女伴们欢乐地唱起了歌谣
女孩们跳着莉莉从帕福斯带来的民间的舞蹈
她脱下长袍 脚尖轻触长满苔藓的泥土 用母山羊
的乳汁沐浴着舒展开的躯体
接着 在石竹花丛中 慢慢合上她发白的左眼
夜莺啼啭 万物悄悄生长
桃乐茜伴着木篓中这只在冬日里安眠的蟋蟀
躺入梦的摇篮里

听说读写指南（节选）

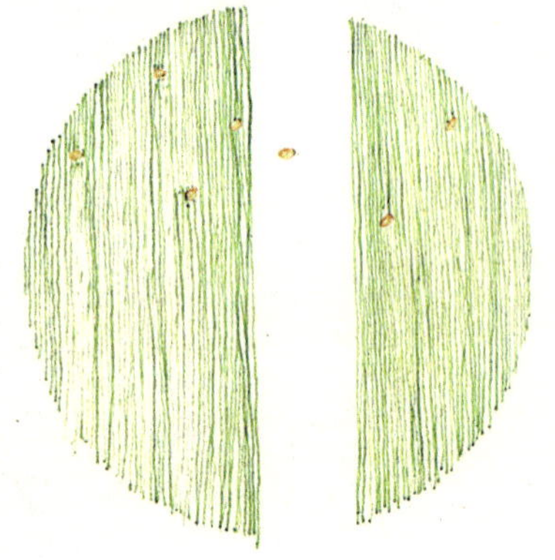

接下来的文字，很多不能严格算是诗歌，而是收录2017年及以前的文字，更多是我十五六岁，少年时期的，一纸回忆录。关于朋友，关于书信，关于还未萌芽的爱情。

人生海海

希望来年的晨露

把我的梦 带回故乡

——《2017，还未入冬的诗篇》

2017，还未入冬的诗篇

年初 东方的春草沾湿了我的口鼻
香气弥漫 惹来了那莺儿燕儿
直到那场缥色的雨 沸腾了
土地上能歌善舞的民族

夏眠 荷绿间
蝉虫蛙叫
借着慵懒的热氲
蓝色的夕颜 含情脉脉

直到 那秋藤爬上了花房
银杏落叶掠过紫色大地
月光 穿过薄纱似的云
跃入我的窗棂 敷玉洒金

窗下 方格纸上写道：

人生海海

希望来年的晨露

把我的梦 带回故乡

2017年

我亲爱的舒克克

他的身体
像是一道透明的 浮在半空中的门
光 可以从他身体的任何部位随意地穿过
然后照在我身上
又像是地标顶楼的玻璃落地窗
是镜像的我自己
和窗外的全世界

2016年

人偶

给我十五米荔枝那样的红色丝带
我要做个陷阱 抓到逃跑的姑娘
电视花了 广播员睡觉了
摘下耳机 听听自己的呼吸
桥上那望天的神秘少女
只要像道具一样 摆在那里就足矣
“我想按坏羽绒服的扣子”

2016年

行为艺术5

1.用彩色的纸折1000颗星星

2.留下一颗

3.把剩下999颗星星放在玻璃瓶里

4.把玻璃瓶里的星星倒出来

5.拆开每一颗星星

6.把留下的那一颗星星放在瓶子里

7.把装有一颗星星的瓶子送给你爱的人

2016年

行为艺术9

打一把透明雨伞在花洒下淋雨

2016年

行为艺术10

泡冷水澡 直到浴缸的水被体温变得温暖

2016年

外食

连着好几天 梦都是舒克的了
梦到你已故的姥姥向我们微笑
你房间的窗户是向左拉的
你家有蓝色的窗帘
梦到了夏季和你的朋友回到了我的“家乡”
“豆汤饭真係好好味啊！”
“我女朋友喂我吃烧鹅！”
香港的夜市有炒面、点心和各色卤水
“老板，芒果班戟！”

2016年

小镇姑娘

故事发生在一个长江中下游的小镇里
黑白电视 和老旧家具
风扇在潮湿空气里吹着没有温度的风
少女只是抱着少女
被雨水打湿的头发紧紧挨着身体
她只是吻她
什么也不说
“我们会过上美好的生活 莫妮卡”

2015年

贰壹

赶不上的电车
夹心着炼乳面包
我披着雨
在星期四的橱窗灯下呐喊
我告诉他你是另一个我
小时候的我
而年轻 或许是这个世界
给予的最高礼物

2014年

小漂亮

宋婷婷有着一双会讲话的大眼睛
我们都叫她小漂亮
仙萌问我她到底是S还是M
“XS”
那你觉得我是S还是M
“XL”

2014年

防老

今天
看不认识的人的葬礼
植树节快乐
如果我们一起钻进冰箱里
等2015年春天……
二零后的春天……
一百年后的春天……

2014年

沙丁鱼招聘

职位名称：沙丁鱼群里的一条沙丁鱼

工作内容：做一条沙丁鱼

2014年

马路杀手 黑兔与狮

我坐在咖啡厅 偷偷听着黑兔与狮子的对话:

“我骑车总是很害怕撞到人”
“几乎每周都有新事故”
“怕突然有人下人行道乱穿马路”
“还要躲阴沟盖子”
“而且大部分人的狗素质让我不得不放慢速度”
“小心驶得万年船……”

“我前两天碾了一只猫”
“两年前撞死过鹿”
“目前还没撞死过人”
“我400斤的车
60以上撞到人估计要断几根骨头”
“所以很怕撞人……”

“骑车快8年了第一次撞到人；
心有余悸 饭都吃不香”
“还好才一挡；
不过我一挡拉到换挡灯就120了……”

说着 黑兔把狮子的咖啡也一饮而尽

2014年鼓楼东大街

注：

中学时期，喜欢约上三两伙伴或者独自，去鼓楼的咖啡小店里，坐上一坐。不要小看一间间咖啡馆，里面跳动的音容，光怪陆离。

生活篇——《杂记》（选）

1. 有人比我晚睡又和我几乎同时醒来，然后一起抱怨绝非偶然的严重缺乏睡眠。下午四点，我把音响调到几乎没有失真又不会让人讨厌的音量，用拨片缓慢地磨过带有螺纹的琴弦，像是和她们一起潜水，又被海水流入了心脏。

2. 哈雷后座上迎面刮来的风，像是轻浮女人的抚摸。而我心里飞出的小鸟卡在喉咙里，纹丝不动。

3. 在现音宿舍楼下看门大爷印象里，我是每周四会拿着粉红口袋出现的“王星宇的妹妹”。而我会环顾四周，在没有人的地方扯一扯他的衣角，直到太阳散散漫漫地滑下通州的天线。嗨！谁叫我们是好朋友呢。

4. 舒克也可能就是你，十个你，一百个你。

“谢谢你为我生吞了苦涩，我懂。”

2016年

附录：《书信集》

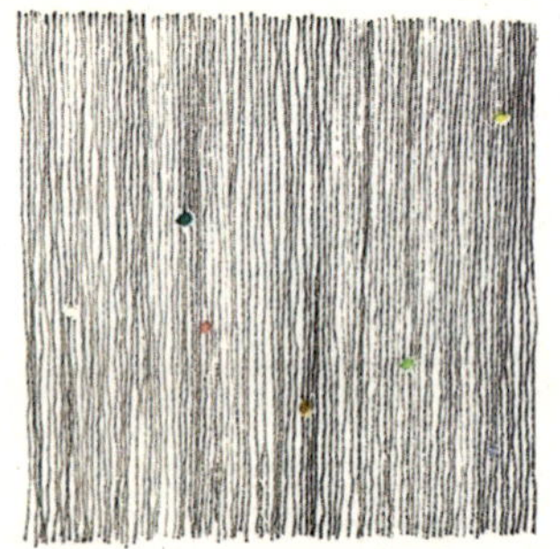

书信集里收录了我与挚友Monica在美期间的几封书信与部落格，以此纪念年少时期最珍贵的友谊。Monica出国很早，在我还是个初中生的时候她就已经到了纽约，后又去了加利福尼亚。某年暑假，在北京见面，有幸读到村上春树与友人的几封书信，便有了二人互通书信记录生活的想法。我们想，若是可以像小说家一样，把那针尖儿一般的回忆一笔一画地记录下来，那该有多好。书信便成了我们二人青春时光的载体，是心灵交流最长久的方式。

而我与Mo第一封书信写的便是村上在《且听风吟》里抄写的比齐·鲍易兹的歌词：“假如出色的少女全都是加利福尼亚州的。”

毛利：

我果真这样做了我差点儿就把你扔出去了。但谁叫我们是好朋友呢。生活没有了苟且远方之后，剩给我的只有你。后来我叫你的名字，就好像把我的下半辈子也押在你身上了一般。失落，但确实你是替代品的，最好选择啦。

可你确实跟正常人不一样，你的眼睛像玛瑙石，黑眼球好比瑕疵。而且你又有完美身材。像夜场里不跳钢管舞也有钱拿的处女一样。你纯净，而且你年轻。声音听起来也是一流的，谈吐之间啊，甜得像你椰子姐放在蜜罐儿里的脆枣。刺嗓子。

我怎么比得过。

2016年

婷婷

注：

毛利是婷婷家的英国短毛猫，婷婷是莫妮卡的小名，与Mo、加州小宋儿、昕霖均为同一人。

亲爱的婷婷：

我再也不会比现在更开心了。

七月装腔作势的雷声翻滚着北京空气的热浪挤出零星几滴雨水，从我发梢滑进未经洗刷的白球鞋里面，浸湿了脚丫。抬头看看城市电视好确定大到暴雨现在演到了第几场，室外温度是三十三。路上没有人打伞，也没有人抬头看天。妈妈说雨天打电话容易触电叫我走路小心，万幸的是，北方姐姐说我再次遇到的那肯定是个会说笑话的人，嘴不带停，天天播报民生新闻。

当你说“一直在一起”的时候，我不再如老鼠般为躲避觥筹交错的生活四处逃窜流亡，可我明知道自己终将死于高糖。

与你相处的时候就像是沐浴在阳光下空无一人的池塘，明媚又清凉。如果让我把你定义成一种颜色的话，那一定属于高饱和度的，例如熟柠檬和向日葵那一类型的，最能发光的颜色。而我是什么颜色连我自己也不得而知，也许是蓝色，也许是灰色。无论如何，我们两种混在一起的颜色一定会是棕褐色，像是泥巴拍上了画板,或是被小孩子手舞足蹈地胡乱涂抹的抽象画。不过事实上，就算是这样快乐且充满希冀的色彩也不及你一半可人。是婷婷放大了我年轻生命中无穷无尽的可能。

上一个傍晚，我们点了30块的外卖，而我没吃外卖只是抱着你。我深爱和你的这七个小时，连同分开一小时四十三分钟的想念飘散去半空中，吐出一个圈。无论圈里的你我藏了多少秘密，哪怕赤裸着身体也与任何人无关，圈外却必须干净，一尘不染。那就是只属于我们的不下雨的孤岛。期待下次再会。

2016年

椰子

注：

我高中时代笔名椰子，大学后更为洋子（OceanChild）。

今天的文学课上，教授让我写给未来一封信。我猜想这是一个不错的主意……

一封信献给未来的洋子：

一日でも、一時間でも、ちゃんと生きてください。

你要坚持活下来啊

然而这个世界依旧危险，奔腾的汽车，列车，影子里骇人的恐怖，甚至一包过期的饮料都足够危险。那些包装精美，形态各异的危险有意无意地向着这些易损如玻璃制品的孩子招着手。不同于人类多产的蛮荒时代，我们要从头到尾地武装起来，这种武装意识足以撞破无数台被龙卷风俯冲上前的轿车。我们的危险自古就在，天灾人祸，它们易容换貌总能在一个意想不到的角落里发生。只要人类存在，这些事的发生便不会停歇。

但我们面对如是的灾难时，我们会用一万种

人类所熟识的方式去悲伤，我们哭泣，抑郁，咒骂世界。但我们庆幸，在我们失去我们亲爱的孩子时，他是纯净圣洁的。这使得你想起了你童年时坐在墙边兀自流泪，舔一舔墙上的污渍，默默刻下几行字，对未来的某个小灵魂有一份暖和的许诺。然而几十年过去，这些字都在那一瞬间被消磨掉了。我们亲切地唤着他名字的时候，他还能辨认得出，并稚嫩地站在天使身边，冲我们笑。

洋子

2017年

Dear 昕霖:

回纽约大概是一周以前的事情了。从纽约回到东方的这一段时间，发生了很多事情，休学，骨折，香港，东京，我一度怀疑自己正在加速死亡。可事实确实是这样。我只能睁眼看着时间伴随着眼睑的绒毛，眨巴眨巴就不见了。后来我见到了玲奈，她还是老样子，脸上的表情和五年前我见到她的一样，一切如故，好似战争从未发生过一样。就这样悄悄地2018年了，我没有在跨年时去时代广场倒数，事实上我厌恶这样做，逢年过节时是暴露人们恶俗的最佳时机。

纽约时间下午2:37，兄贵在吉野家吃了一份热乎乎的牛丼。我问他是哪一家，他告诉我是千叶市，东经35.728762，北纬139.907569的那一家。

与此同时，Kei热心地问我需不需要在东京找一份工作，在南青山的服装零售店。他告诉我他想向我学习英文，我并没有拒绝他的邀请，讲真，东京对我是十分诱惑的。

而我还有三分钟下课，赶着去和陆叁去moma闲逛，或是一起坐着玩玩电脑。

上封信你问我最近可好，可我们难道不是在世界不同的地方做着相同的事吗？

你的洋子

2018年1月29日

给洋子：

“在四季常青的城市待久了，也会有点想念冬天了吧？”洋子话落，我把昨天放了一夜的红酒杯摔进了垃圾堆。只是有些红酒凝固在了杯子上罢了，她说那摊暗红褐色，令人发怵。我知道，她若是洗了的话，又要跑到厕所去拿洗手液了，这个酒鬼女人生了一张不会烧饭做菜的脸，也没有处理家务的劳务命。举手投足都散发着一股子迷人心窍的味道。

我把窗帘拉开，晒进来的阳光照进羊毛地毯，惬意感像焦糖布丁一样油腻地向我扑来。这个占了一面落地窗的棉麻布窗帘是洋子的心头爱，“我印象中童年的窗帘”洋子形容那块褶皱的白布时，眼神也变得洋洋得意起来。而宿醉后谈论起她的猫，荔枝，和她的席梦思床垫时，瞳孔放大里的得意置换成了温柔。

“你是前段时间才回的纽约？”我装作不经

意地提了一句，从沙发上起身去摸她的猫。

“是啊。”她顿了一下，眯着眼往咖啡里加了两块方糖，递给了我，口气减弱了些。“以为海对面是家。”我装作不经意地接过咖啡杯，抿了一口，皱了皱眉。“罗布斯塔，老岳从印度捎回来的，别指望太好喝。”洋子笑道。我也知趣地摇了摇头，没有埋怨。

洋子没有给自己磨咖啡，踮起脚尖打开头顶的柜子拿出一个威士忌的杯子，扔了两颗脆梅子进去。

她拿起一支烟，“我以为他会像早上六点半升起的太阳把我的恐惧和黑暗照亮，没想到，居然刺痛了我。”

2020年1月26日

Mo

注：

节选于妮卡写给我的长信，前文未能保存下来，不过大多是唠唠家常。从这里开始，是她写下的以我为主角的一小段故事，妮卡希望通过这篇小故事揣测我的处境，使我打开心扉，和小时候一样，讲讲和她无所不谈的心里话。